APOLOGIE

DE

SAINT NICOLAS

NOGENT-SUR-SEINE

IMPRIMERIE ET LIBRAIRIE A. LEMAITRE

—

1880

APOLOGIE

DE

SAINT NICOLAS

NOGENT-SUR-SEINE

IMPRIMERIE ET LIBRAIRIE A. LEMAITRE

—

1 8 8 0

DISCOURS

PRONONCÉ

PAR M. AUGUSTE COLLIN

AU FOYER DU THÉATRE

en présence de la **Jeunesse Nogentaise**

Messieurs,

Il ne m'appartenait guère de prendre la parole en cette circonstance solennelle.

Des voix plus autorisées que la mienne, vous auraient bien mieux que moi retracé ici les éminentes qualités et les brillantes vertus du *Grand Saint-Nicolas,* que la jeunesse nogentaise convoquée, réunie par le double sentiment de la concorde et de la fraternité, fête si splendidement aujourd'hui.

Mais je n'ai pas cru devoir décliner ce périlleux honneur en présence de la gracieuse invitation de notre aimable président du comité et du comité tout entier.

Tout d'abord, vous allez me permettre, Messieurs, de vous donner quelques détails sur la vie de Saint-Nicolas et de vous rappeler pour quels motifs la jeunesse l'a adopté pour patron.

Saint-Nicolas naquit au IIIe siècle de notre ère, à Patare, ville de Lycie, en Asie Mineure, d'une riche et opulente famille.

Euphémius fut son père, et Anne, sœur de Nicolas l'ancien, archevêque de Myre, fut sa mère.

On raconte sur sa naissance des choses inouïes et prodigieuses.

Né dans un siècle de foi et de pure croyance, où les miracles pleuvaient sur l'humanité, où à la simple parole d'un homme, les morts sortaient des sépulcres, les sourds entendaient, les aveugles voyaient et les lépreux étaient guéris, Saint-Nicolas devait encore surpasser tous les thaumaturges de son époque par la puissance merveilleuse avec laquelle il commandait aux éléments et à la nature universelle. Voici quelques faits pris entre mille autres qui vous en donneront une juste idée :

Un père de maison noble et puissamment

riche avait trois filles, toutes plus jolies et plus élégantes l'une que l'autre, et sur qui l'on fondait les plus riantes espérances : mais, ô douleur amère et profonde ! ô renversement étrange des prévisions humaines ! voilà qu'un beau jour, l'immense fortune de cet homme s'abîme et disparaît dans un épouvantable cataclysme...

Ce malheureux en vient à un tel point de misère, que non-seulement il ne pourra plus doter ses filles bien aimées, mais qu'il ne peut même plus pour le moment ni les nourrir ni subvenir à leurs besoins de chaque jour.

Que faire ? L'orgueil et la misère ont troublé la raison, ont fait taire la conscience de ce pauvre père..... Une idée criminelle a jailli soudain dans son esprit : hélas ! un père vient de prendre la résolution de souiller la vertu et de vendre l'honneur de ses enfants !

Quand la nouvelle en parvient aux oreilles de Saint-Nicolas, son âme si susceptible et si pure se révolte, mais son cœur est touché de commisération et de pitié.

Sans plus tarder, il a résolu de bannir à jamais de cette maison une telle honte et une pareille infamie.

Un soir que la famille, sombre, le front chargé de tristesse et de chagrin, est assemblée dans une chambre qui prenait jour sur un vaste jardin : O prodige étonnant ! voici qu'une bourse pleine d'or tombe au milieu de cette chambre, avec un petit billet ainsi conçu : « *Dot de la première.* »

Avec cette bourse mystérieuse, jugez si la surprise, l'étonnement, mais aussi la joie et le bonheur étaient entrés dans la demeure.

La première jeune fille allait pouvoir se jeter noblement dans les bras de l'hymen, offrir avec sa beauté, ses charmes puissants, son cœur et son amour, *une dot* à son bien aimé.

Car vous ne l'ignorez pas, messieurs, dans tous les siècles et à toutes les époques, quand il s'est agi de marier une jeune fille, le prétendant amoureux a toujours pris garde à la physionomie de son *adorée*, à ses qualités et à ses vertus, mais aussi, pour ne pas dire *surtout : Au coffre du père.*

Un an après, jour pour jour, heure pour heure, une autre bourse, également remplie d'or, tombait encore miraculeusement au milieu de la chambre.

Cette fois aussi, il y avait un billet avec ces mêmes mots : « *Pour la Dot de la deuxième.* »

Quel génie bienfaisant veillait avec tant de soin et de sollicitude sur cette famille arrivée au bord du précipice où elle allait rouler et s'ensevelir ? On ne put le savoir, on ne put le découvrir : c'était sans doute un ange, un esprit céleste.... et tous, pleins d'attendrissement et de reconnaissance, rendaient au ciel mille actions de grâces.

L'année qui suivit, même prodige : encore une bourse toute gonflée d'or qui vient s'abattre dans la chambre pour doter la troisième et dernière jeune fille.

Mais cette fois le hasard met en évidence le génie bienfaisant.

Le bruit sourd d'un homme qui tombe à terre suivi d'un cri de douleur aiguë attire l'attention du côté du jardin : *C'était Saint-Nicolas.*

Le saint homme, en fuyant prestement pour dérober une si digne et si sublime action, s'était, par malheur, rencontré dans un obstacle et venait de se donner une affreuse entorse.

A la voix de Saint-Nicolas, la mer en furie cessait de battre le rivage de ses flots courroucés.

Un jour il sauva un navire près de couler à fond.

Dès le quatrième siècle, les meuniers, eux aussi, ont adopté Saint-Nicolas pour patron.

Dans un grand nombre de moulins, sa statue apparaissait sur une sorte de piédestal tout saupoudré de son et de farine.

Cette statue, affirment les chroniqueurs, tenait lieu des plus ingénieux mécanismes et des engins les mieux perfectionnés.

Le meunier, plein de foi et de croyance, rien qu'en invoquant Saint-Nicolas, voyait tourner son moulin, le voyait s'arrêter comme par enchantement. Il obtenait aussi un premier choix de farine, même en écrasant du blé de médiocre qualité. S'il était parmi vous, messieurs, quelques meuniers, je les engage bien vivement à se procurer une de ces statues miraculeuses.

A l'ombre bienfaisante de sa haute et puissante protection, ils pourront, eux et les leurs, se livrer aux douceurs du sommeil, sans la moindre inquiétude; que dis-je? ils pourront même, durant la nuit entière, prolonger *des absences si désirables et si douces.*

Un jour, Saint-Nicolas était entré chez un

charcutier pour y prendre une modeste restauration. Un plat, qui paraît appétissant lui est bientôt servi... Mais quoi ! Saint-Nicolas soudain se trouve transfiguré... l'esprit de Dieu l'anime.... son visage illuminé, ses yeux pleins de clartés étranges l'indiquent assez ; il se lève avec majesté et, d'une voix qui respire une sainte indignation, il dit au charcutier : « *Vite, montrez-moi où vous avez pris cette viande que voici.* » Notre homme, comme foudroyé, lui indique d'une main toute tremblante une sorte de saloir acculé dans un coin. Saint-Nicolas s'en approche et, levant les yeux au ciel, il prononce ces paroles mémorables avec l'accent d'un prophète : « *Mes chers petits enfants, au nom de Dieu tout-puissant, levez-vous, je vous l'ordonne.* » Au même instant, trois petites têtes enfantines s'animent et se dressent au-dessus du saloir, la figure encore toute barbouillée et toute ruisselante de salmis.

L'infâme charcutier les avait tués impitoyablement six mois auparavant et les avait déposés là sous d'épaisses couches de sel.

Telle est la raison pour laquelle Saint-Nicolas est représenté sur certains tableaux ayant à ses côtés trois enfants qui ont le corps à moitié sorti d'un cuveau.

Je serais trop long, messieurs, et je craindrais abuser de votre patience, si je voulais entrer dans tous les détails d'une vie marquée et remplie de prodiges de toute sorte.

Devenu évêque, comme la plupart des saints, il sut d'avance le moment de sa mort, dit adieu à son peuple dans une messe pontificale, et s'éteignit doucement en l'an 326.

Saint-Nicolas, prodigieux pendant sa vie, le fut encore après sa mort.

Ainsi, il sort et s'écoule encore aujourd'hui de son tombeau une sorte de liqueur précieuse, incomparable, mille fois supérieure à l'eau miraculeuse de la Salette et de Lourdes, et qui vous délivre, vous guérit instantanément de maladies même le plus invétérées.

La science demeure impuissante et muette en face d'un pareil produit auprès duquel pâlissent et s'effacent misérablement et le fameux Goudron Guyot, et la divine Revalescière, et les Capsules Mothe, et tous les raffinements les plus extraordinaires et les plus à l'ordre du jour de la pharmacie moderne.

Voyez par là, si les jeunes gens, trop souvent, hélas ! blessés par le terrible et redoutable *aiguillon de l'amour*, devraient avoir recours à un remède si efficace qui, loin d'affaiblir le tempérament, de ruiner le corps, d'anéantir l'esprit avec toutes ses facultés, enrichit l'un et l'autre, leur imprime et leur donne une nouvelle séve, une étonnante recrudescence de force et d'énergie.

Seulement, Messieurs, avant de toucher à ce merveilleux médicament, il faut être fortement *cuirassé par la foi*.

Voilà, messieurs, les principaux motifs qui ont déterminé la jeunesse à prendre Saint-Nicolas pour patron ; je dis les principaux, car à mon avis, pour moi, le vrai, le réel et le plus sérieux de tous, c'est que Saint-Nicolas, grâce à sa nature douce et tendre, généreuse et expansive, grâce aux sentiments magnanimes qui emplissaient son âme et faisaient battre son cœur, est l'emblême, que dis-je ? la personnification vivante de ces nobles sentiments qui doivent animer et guider la jeunesse : je veux dire l'étroite union des cœurs et des esprits, la concorde et la fraternité.

Eh, messieurs, quel est le but, l'unique but de

cette imposante réunion ? Pourquoi ce superbe et splendide banquet ? Pourquoi sommes-nous tous ici le front rayonnant d'allégresse, de la gaieté la plus vive et la plus pure ? Pourquoi ce bal qui, tout à l'heure, paraît devoir être si brillant ? Pourquoi ?... Et pour fraterniser ! !

Qu'elle est belle, qu'elle est noble la fraternité, dit un esprit d'élite, soit que circonscrite dans un cercle très-restreint, elle ne serve de lien qu'à quelques hommes sortis du même sang ; soit que, plus étendue elle embrasse l'humanité tout entière ! Mais qu'elle est plus belle, plus noble encore, quand elle rapproche, quand elle unit étroitement, avec les liens de l'amitié et des sympathies réelles, un certain nombre de jeunes gens de différents pays.

Cette fraternité là, pour emprunter la pensée d'un philosophe profond, c'est l'humanité et l'égalité mettant en action cette sublime morale : « Fais à autrui ce que tu voudrais qu'il te fût fait, et ne fais pas à autrui ce que tu voudrais qu'il ne te fût pas fait. » C'est la compagne inséparable de la Liberté.

Messieurs, tous tant que nous sommes, nous occupons différentes positions ; la fortune et les honneurs ont plus ou moins souri à chacun d'entre nous ; les uns ont quitté leur famille, leurs parents, leurs compagnons d'enfance ou de collége. Mais est-ce que partis de divers points, de divers horizons, nous ne nous rencontrons pas tous sur le même terrain, terrain plein de fleurs et de fruits, tout luxuriant de verdure, bouillonnant de séve et de force, sur celui d'une jeunesse vigou-reuse, de cet âge brillant et heureux qu'on a justement comparé au printemps, au matin de la vie !

Est-ce que tous, nous n'avons pas les **mêmes** tendances, les mêmes aspirations généreuses ? Est-ce qu'à tous notre cœur ne bat pas d'espé-rance et d'amour ? Est-ce que nous ne sommes pas tous les mêmes citoyens, les mêmes enfants d'une illustre patrie ? Est-ce que nous ne volerions pas tous d'un commun accord à son secours si elle était en danger ? Est-ce que nous ne sommes pas le noble espoir de la France ? Oui, Messieurs, fraternisons, soyons amis et de sincères amis ! Buvons, trinquons ensemble, établissons entre nous un fort courant d'amitié et de sympathie. En agissant ainsi, vous verrez bien si la ville de Nogent ne revêt pas un nouvel aspect, vous verrez bien s'il ne circule pas une nouvelle vie et une nouvelle séve dans son sein. Messieurs, je bois à l'union et à la concorde parmi nous ! Je ne veux pas terminer ce discours sans porter un toast chaleureux au président du comité et à tous les membres. Grâce à leur bonne initiative, à leur intelligence et à leur activité, ils ont mené la chose à bien. Vive le Comité ! et Vive la République !